KB042150

무릎 꿇은 나무

무릎 꿇은 나무

초판 1쇄 인쇄일 2015년 02월 10일
초판 1쇄 발행일 2015년 02월 13일

글·그림 정명해
펴낸이 양옥매
디자인 최원용, 신지현

펴낸곳 도서출판 책과나무
출판등록 제2012-000376
주소 서울특별시 마포구 월드컵북로 44길 37 천지빌딩 3층
대표전화 02.372.1537 팩스 02.372.1538
이메일 booknamu2007@naver.com
홈페이지 www.booknamu.com
ISBN 979-11-5776-020-6(03810)

이 도서의 국립중앙도서관 출판시도서목록(CIP)은 서지정보유통지원 시스템
홈페이지(http://seoji.nl.go.kr)와 국가자료공동목록시스템
(http://www.nl.go.kr/kolisnet)에서 이용하실 수 있습니다.
(CIP제어번호 : CIP2015004499)

무릎
꿇은
나 무

글·그림 **정명해**

책과나무

초등학교에서 25년 동안 많은 아이들을 만났지만,
마음이 더 가는 아이들이 있다.
근육이 점점 없어지는 아이,
뇌에 기름이 하얗게 쌓여 신경이 점차 마비되는 아이,
뇌세포가 연기처럼 사라지는 아이,
지능이 많이 낮은 아이들을 대할 때마다
그들이 더욱 애틋하고 안타까울 때가 많다.
정상 아닌 자식의 손을 잡고 걷거나 휠체어를 밀면서도
늘 씩씩했던 어머니들,
자식보다 하루만 더 살게 해달라고 기도한다는 어머니,
어디를 가나 따라붙는 따가운 눈총을 머리를 꼿꼿이
들고 온몸으로 받아 내는 어머니들.

하루하루 전쟁을 치르듯 운명과 맞서 싸우는 억척스런
전사들의 외로운 투쟁에 사랑과 응원을 보내며,
고난보다 더 큰 복으로 갚아 주시는 하나님을 찬양하며
감사를 올려 드립니다.

2015년 2월

봄날을 꿈꾸며

목
차

무 릎 꿇은 나 무

날개

먼 옛날
에덴동산에서
하늘과 숲과 물속까지
자유롭던 기억을 되살려야 해

견갑골에 뭉쳐 있는 밀랍을
조금 조금 떼어 내다 보면
구름처럼 가벼워 두둥실 떠오르겠지
저 하늘을 날 수 있겠지

주님과 손잡고
강물을 차고 오르며
나무 위도 날아 보고
높이높이 천국까지 날아오르겠지

행복

눈에 보이는 곳은 어디나
이불에도
베개에도
할아버님 밥주발 뚜껑에도
예쁜 나의 수저에도
복이란 이름이 있었지요

맛난 음식과 포근한 옷과 늘 따스한 연탄불과
훈기 넘치는 안방이 그리웠던 어린 시절
그것만 있으면 행복이라 생각했지요

갈 바를 알지 못한 채
모든 풍요와 부(富)를 버리고
갈대아 우르를 떠나는 아브라함처럼

여호와 살롬 하나님과의 동행은
심한 모래바람을 맞아도 행복이에요

여호와 이레 하나님과의 동행은 참기 힘든
배고픔과 갈증이 있어도 행복이에요
여호와 사파 하나님과의 동행은
이방인의 외로움과 오해와 손해를 입어도
행복이에요

고단한 여정(旅程) 속에 데라처럼
하란에 머물지 않고
끝까지 벧엘로 오르게 하시고
가나안에 들어가게 하소서

촛불

길가의 가로수는 거센 바람에 흔들리고
창가의 나뭇잎은 빗방울에 출렁이는데

너는 바람이 없어도 빗방울이 없어도
물결처럼 흔들리는구나

작은 문소리에도
살짝 덮인 먹구름에도
파르르 파르르르 흔들리는구나

너의 곁에 성령님이 지나가시면
너의 마음에 성령님이 충만히 내주하시면
너의 눈과 성령님의 눈길이 마주할 때면

아픈 다리는 사슴처럼 뛸 것이고
약한 눈은 독수리처럼 밝을 것이고
빠르게 뛰던 심장은 사자처럼 강할 것이고

얕은 호흡은 고래처럼 깊어지겠지

자비의 주님께서 너의 앞길을 책임지시고
은혜의 주님께서 너의 인생을 인도하시길

눈물

산기슭 밭 옆에도
푸릇푸릇 자라 오르는 논 옆에도
운동장 버드나무뿌리 밑에도
가재 잡던 도랑에도
새우 잡던 앞개울에도
깊은 산속 골짜기에도
땅속 바위 밑에도
한숨 끝에도
웃음 끝에도
출렁이는 바다 밑에도
구름 떠다니는 하늘 속에도

온 세상 가득 가득
애통이
고난이
슬픔이
눈물이 가득하구나

물 없이는 살아갈 수 없고 존재할 수 없듯
눈물 없이는 살아갈 수 없는 것인지

눈물이 물이 되고
물이 눈물이 되는 것인지

날마다
숨 쉬는 순간마다 눈물이 맺히는구나

아무리 아픔이 크다고 하나님의 은혜를 따라가리오
아무리 고난이 깊다고 하나님의 은혜를 따라가리오
아무리 슬픔이 넘쳐도 하나님의 은혜를 따라가리오

오늘의 고통을 이길 만큼 오늘의 은혜를 주시는 하나님
내일의 고통을 이길 만큼 내일의 은혜를 주시는 하나님

오늘 새벽에 이미 오늘의 고통을 이길

은혜를 내려주심을 믿기에
나에게 다가오는 문제보다 더 크신
만복의 근원이신
나의 하나님을 믿기에

눈물을 흘리며 오늘도 나는 달려갑니다
눈물을 닦으며 오늘도 나는 달려갑니다
눈물을 삼키며 오늘도 나는 달려갑니다

용기

조그만 가시에도 미간이 찡긋 했지요
살짝 스치는 상처에도 눈물이 찔끔 났지요
깨어날 것을 확신하는 마취에도 죽음의 두려움이
무섭게 몰려왔지요

주님은 죽음의 두려움을 느끼면서도 그 험한
십자가를 지시려 예루살렘으로 오르시는군요
주님은 죽음의 두려움과 싸우면서도 모진 매를
맞으시려 빌라도 앞으로 나아가시는군요
주님은 죽음의 두려움을 이기시면서
하늘 높이높이 달리시는군요

쉽게 찢어지는 종이 같은 나를
철판에 붙이듯
강하신 하나님께 붙여 주셔서
이제는 절대 찢어지지 않게 하소서

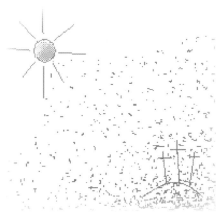

쉽게 끊어지는 맥없는 나를
철끈과 실을 꼬듯
강하신 하나님과 꼬아 주셔서
이제는 절대 끊어지지 않게 하소서

수면(水面) 위의 파문(波紋)이 금방 사라지듯
주님의 은혜와 사랑을 순식간에 잊는 나를
돌에 새기듯 심부(心府)에 새겨 주셔서
이제는 절대 주님의 피흘림과 죽으심을
잊지 않게 하소서

그래서
주님께서 세상을 구하기 위해 하늘을 버리셨듯
하늘을 얻기 위해 세상을 버리게 하시고
세상의 두려움을 저항하며 극복하며
하나님의 기쁘신 뜻만을 알뜰히
이루어 드리게 하소서

열매

손바닥만 한 백년초를 한 잎 얻어 심었더니
오랜만에 자줏빛 열매를 얻었네요

다 익지 못하고 떨어지던 무화과는
올해는 잘 익어 가고
산세비에리아는 향내 나는 하얀 꽃을 피우고
커다란 벤자민도 먼 시간을 보내고
눈송이 같은 꽃을 피우네요

모래로만 뒤덮인 나의 광야 길에는

얼마나 긴 시간을 기다려야 싹을 볼 수 있을까요?
얼마나 울어야 땅이 촉촉하여 꽃을 볼 수 있을까요?
얼마나 가슴에 멍이 들어야
조롱조롱 작은 열매라도 맺힐까요?

만남

하늘 열린 창문
빗방울이 쏟아진다

지붕 위에도
꼬마들 우산 위에도
예쁜 화단 위에도
질펀한 운동장 위에도

아무리 높은 곳에 떨어져도
흐르고 흘러
냇물로 만나듯

주님이
마구간으로
구유로
십자가로 떨어지셔서
우리를 만나셨듯

아브라함이
친척을 떠나
고향을 떠나
복의 근원으로 하나님을 만나듯

집착을 내려놓고
자존심을 내려놓고
온전히 나를 부인할 때
자신을 낮추고 낮추셨던 주님을 만나겠지요

그리고 참 제자로 주님과
거룩한 신앙의 일치를 이루며
주님과 구원의 개척자로 살게 되겠지요

아버지

바람이 세면 바람에 쓰러질까 달려가시고
비가 오면 물에 넘칠까 달려가시네
아버지의 짐자전거는 쉴 틈이 없고
집에 앉아 계셔도 늘 마음은
못자리로 달려가시네

쓸모없는 잡초들은
씨를 뿌리지 않아도
애써 심지 않아도
벌레를 잡아 주지 않아도 잘도 자라건만

논둑길을 왔다갔다
집 길을 왔다갔다
발품으로 자라나는 벼들

서늘한 바람이 불기 시작하면
볼품없는 이파리들은 더 바짝 마르고

몇 개의 낟알의 무게를 견디다 못해
허리까지 굽는구나

벼들은 쌀알 몇 톨을 위해
뜨거움도 견디고 가뭄도 견딘다지만

당신은 무슨 열매를 위해
그렇게도 분주하게
그렇게도 고단하게
그렇게도 아프게
견디며 살아오셨나요?

Good

아들이 아빠의 걸음걸이까지 닮아 가듯
딸이 엄마의 웃음소리까지 닮아 가듯
좋은 것들은 주님을 닮았군요
그래서 모든 좋은 것들은 빛들의 아버지께로
말미암는 것이군요

발목이 약하여 늘 넘어지는 나를
눈이 약하여 멀리 보지 못하는 나를
고집만 부리고 덕지덕지 마른 오물을
매달고 다니는 나를
날카로운 발톱과 단단한 뿔 앞에서 늘 긴장하고
불안해하는 나를
앞서 가시며 보호하는 좋으신 아버지

막대기를 던져 나를 향해 달려오는 이리를
정확히 맞추시는 주님
물매를 돌려 나를 삼키려 달려오는 사자를

정확히 맞추시는 주님
구덩이에 빠져 허둥댈 때마다
나뭇가지에 걸려 버둥댈 때마다
정확히 지팡이로 건져 올리시는 주님

오늘도 목자 되시는 주님을 믿고
편안히 풀을 뜯어요
오늘도 목자 되시는 주님을 믿고
편안히 눈을 감고 쉬어요
오늘도 목자 되시는 주님을 믿고
음침한 골짜기를 씩씩하게 걸어요

내 평생 살아갈 동안 주님의 음성만을 청종하며
따라가게 하소서
내 평생 살아갈 동안 선한 목자 되신
주님의 생각과 마음과 성품까지도 닮은
주님의 제자로 살아가게 하소서

주님 죄송해요

산의 그림자가 길게 드리우는 시간
시원한 바람이 강물에 잔무늬를 일으키고
저녁노을이 빨갛게 강물을 물들일 때
나는 당신을 떠올리며 그리워하지 못했습니다

아침 햇살이 만물을 깨우는 시간
호박넝쿨 아래
싱그럽게 보석처럼 빛나는
이슬 맺힌 물망초를 바라볼 때
나는 당신을 떠올리며 그리워하지 못했습니다

조용하고 아담한 찻집을 만날 때나
낙엽 쌓인 가로수 길을 걸을 때나
단풍고운 등산로를 오를 때나
인적 드문 산길을 올라 축축한 오솔길을 걸을 때에
나는 당신을 떠올리며 그리워하지 못했습니다

이슬

홍수 같은 사랑의 은혜를 달라고 안달을 했지요
천둥 같은 사랑의 음성을 달라고
마구마구 졸랐지요
번개 같은 통쾌한 해답을 달라고 바라고 바랐지요

밤마다 내린다는 이슬은
뜨거운 태양 아래로 걸어갈 때에
뜨거운 태양에 말라 볼 수 없었지요

밤마다 나를 감싼다는 이슬은
뜨거운 열기 옆을 지나갈 때에
뜨거운 열기에 녹아 느낄 수 없었지요

밤마다 나를 적신다는 이슬은
매운 고난 속을 걸어갈 때에
흐르는 눈물에 섞여 구별할 수 없었지요

내가 느끼든 느끼지 못하든
내가 알든 모르든
내가 구별하든 못하든
밤마다 조용히 조용히 내렸지요

지금은 볼 수 없어도
지금은 느낄 수 없어도
지금은 구별할 수 없을지라도

이슬로 인하여
건조한 사막 중앙에
굵은 뿌리로 백향목처럼 우뚝 서 있는 나를
발견하게 되겠지요

이슬로 인하여
백합화처럼 감람나무 기름처럼
향기로운 나를 발견하게 되겠지요

이슬로 인하여

가지가 퍼져서

그 그늘 아래 거하며 쉼을 얻는 많은 이들을 나는

발견하게 되겠지요

이슬처럼

만나처럼

조용한 나의 임은

조용히 조용히 밤마다 밤마다

나를 두르고 나를 적시며 내리겠지요

큰 기다림

글씨 연습
그림 연습
운전 연습
우리의 삶은 연습의 연속

어린 시절 설빔을 기다리던 마음
늘 풀잎에 곱게 싸인 산열매를 내미시는
꼴 베러 가신 아버지를 기다리는 마음
꼬불꼬불 산길을 돌고 돌아 고향을 찾는 마음

천국을 기다리는 큰 기다림의 연습이었군요
주님과의 만남의 큰 즐거움의 연습이었군요

종이 상전을 기다리며 준비하듯
신부가 신랑을 맞기 위해 단장하듯
다시 오실 주님을 올 곧게 기다리며 연습하며
준비하게 하소서

갈대상자

이스라엘을 넘어뜨리려
무섭게 달려드는 바로의 눈빛
이스라엘의 살을 먹으려 숨 막히게 조여드는 압력
이스라엘의 목숨을 끊으려 무겁게 짓누르는
공포의 무게

세상 죄의 질서를 대항 할 힘이 없지만
세상 죄의 횡포 앞에 저항할 능력이 없지만
포기할 수 없는 이유로 갈대를 엮습니다

모세를 살릴 수 있다는 희망과 확신이 없을지라도
포기할 수 없는 이유로 역청을 발랐습니다

우리의 믿음의 분량에 좌우되지 않으심을 알기에
포기할 수 없는 이유로 강물에 띄워 보냈습니다

그저 포기할 수 없기에 미리암을
뒤따라 보냈습니다

돌들로도 아브라함의 자손을 만드시는 하나님
오병이어로 오천 명을 먹이신 하나님
나귀 턱뼈 하나로 일천 명을 죽인
삼손의 하나님을 믿기에
오늘도 한 줄 한 줄 갈대를 엮습니다

모든 형편과 상황을 역이용하셔서
바로의 밥을 먹이시고
바로의 교육을 받게 하시고
왕자로 궁에 살게 하시고
이스라엘 민족을 출애굽 시키시는 하나님을 믿기에
오늘도 한 줄 한 줄 갈대를 엮습니다

들꽃

인생길에서
조금 늦게 싹을 틔웠더니
나무처럼 큰 꽃들에 가려 더욱 가녀리네요

조금 늦게 출발하였을 뿐인데
친구들은 벌써 앞서 달려 나가고
나도 주춤주춤 앞을 향하려는데
장대비가 무섭게 쏟아지네요

비옷이 있는 것도 아니고
우산이 있는 것도 아니고
너울너울 오동잎이 있는 것도 아니고
나를 도와 비를 맞으며 같이 뛸 친구가
있는 것도 아니고
마음만 마음만 언제까지 주춤주춤하네요

향수를 뿌린 듯 짙은 향이 나는 것도 아니고

염색을 한 듯 화려한 꽃잎이 있는 것도 아니고

큰 나무 밑에서 보일 듯 말 듯
고개를 숙이고 다리를 쪼그리고 앉아야 보이는
작은 꽃

너에게도 하늘빛 꽃잎이 있었구나
너에게도 노란 꽃술이 있었구나
너에게도 작은 잎들이 조롱조롱 달려 있었구나

오늘도 나를 지으신 하나님을 향해 고개를 들자
오늘도 나를 바라보시는 하나님께
사랑의 윙크를 날려 보자
오늘도 믿음에 믿음으로 좀 느리지만
꾸준히 달음질하여
나를 만드시고 나를 향해 놀라운 계획을 갖고 계신
하나님의 꿈의 정상에 도달해 보자

단풍놀이

단풍놀이를 다녀왔습니다

노랑인 듯하지만 노랑이 아닌
빨강인 듯하지만 빨강이 아닌
갈색인 듯하지만 갈색이 아닌
하늘의 색깔로 수를 놓으셨군요

단풍으로 산을 물들이듯
이 세상에 없는 하늘의 빛깔로 저를 물들여 주세요
쪽빛으로 천을 물들이듯
이 세상에 없는 천국의 빛깔로 저를 물들여 주세요
노을로 강물을 물들이듯
이 세상에 없는 주님의 사랑으로
저를 물들여 주세요

그래서

주님처럼 침묵하게 하시고

주님처럼 순종하게 하시고

주님처럼 사명을 온전히 감당하게 하소서

열매 2

감자 씨눈을 한 소쿠리 심으면
감자 밭에 하얀 감자꽃이 가득하지요
고구마 순을 잘라 한 움큼 심으면
고구마 밭에 고구마 넝쿨이 가득하지요
고추 싹을 틔워 한 묶음 심으면
고추밭에 고추들이 가득하지요

조금 심어도 열매는 많고
심은 대로 거두는 진리대로

우리의 마음의 밭에도
우리의 인생의 밭에도

악하고 분한 감정의 씨를 심으면
육체의 열매를 거두고
섬김과 기도의 씨를 심으면
성령의 열매를 거두지요

눈 어두운 아비 이삭을 속인 야곱이 아니라
나봇의 포도원에 피를 뿌린 이세벨이 아니라
같은 미움으로 미움을 심지 않는 요셉처럼

성령과 진리로 뿌려서
기쁨의 추수를 거두게 하시고
하루하루 듣고 보고 말하고
생각조차도 좋은 씨를 뿌려
내일 또 내일에 좋은 인격으로 성결함으로
성령으로부터 영생을 거두게 하소서

겨울

모든 산이 푸르고
모든 들이 푸르고
모든 나무와 나의 마음이 푸를 때는
어느 것이 참된 푸르름인지 구별하기 어려웠지요

모든 잎이 떨어지고 앙상한 가지만 남을 때면
모든 것을 내려놓는 겨울이 찾아오면
그때서야
진정한 푸르름이 살아나지요

눈이 쌓여도
찬바람이 불어도
눈이 녹아 얼음 속에서도
푸르름은 더 푸르게 빛을 내지요

겨울이 오면 사철나무의 푸르름이 드러나듯
집안에 어려움이 닥치면 지혜로운 아내가 드러나듯

키질 앞에서 풍채 앞에서
알곡과 쭉정이가 드러나듯
인생의 겨울이 찾아올 때에
주님의 저울대 위에 푸르게 푸르게 빛을 내는
사랑이게 하소서

지름길

돌아가지 않아도 되는 길
한참을 가지 않아도 되는 길

물 없는 구덩이에 빠진 것도
미디안 상고들에게 은 이십 냥에 팔린 것도
보디발 집에서 누명을 쓴 것도
감옥에 갇힌 것도

하나님의 뜻을 이루기 위한 계획이었군요
요셉을 애굽의 국무총리로 세우기 위한
빠른 길이었군요
당신의 백성을 굶주림에서 구하기 위한
샛길이었군요
우리를 천국으로 인도하는 지름길이었군요

하나님은 복을 주시는 자
하나님은 복 주시길 기뻐하시는 자
하나님 자신이 복이셨고 만복의 근원이셨군요

당장에 화낼 일도
당장에 불평할 일도
당장에 슬퍼할 일도 아니었군요

하루에 한 바퀴

여리고의 굳게 닫힌 문

부서질 것 같지 않은 성벽의 두께
오를 수 없어 보이는 성벽의 높이
적군의 어마어마한 군사의 수에
나의 마음이 녹아 흐를 때

하나님은
절망에서 소망을 보기를 원하셨지요
넘지 못 할 성은 무너뜨려서라도 걷게 하실
하나님을 바라보길 원하셨지요

뜨거운 열심에
한꺼번에 일곱 바퀴를 돌려 했지요
큰소리로 호기라도 부리고 싶었지요

오늘도 한 걸음 한 걸음
내일도 한 발짝 한 발짝
하루에 한 바퀴 하루에 한 바퀴

눈을 들어 하나님을 주목하며 나아갑니다
마음을 다해 하나님께 집중하며 나아갑니다

손을 모으기만 하여도

십 년 먹을 양식을 재워놓고 살지 않아도
십 년 입을 옷을 쌓아 두지 않아도
나의 옷은 해어지지 않았고
나의 발은 부르트지 않았지요

배가 고프다면 만나를 주시고
고기가 먹고 싶다면 메추라기를 주시고
목이 마르다면 반석에서라도 물을 내어 주셨지요

그냥 가만히 있으면 깨끗한 줄 알았지요
그냥 잠잠하면 정결한 줄 알았지요
그냥 잠깐의 멈춤은 전진만이 아닌 줄 알았지요

잠깐의 갈증에도 종 되었던 땅으로
돌아가려는 마음
잠깐의 배고픔에도 고기 굽던 종의 때를
그리워하는 마음

잠깐의 멈춤에도 순식간에 빨려들어 가는
무시무시한 죄의 중력

거듭되는 동일한 죄로 마음이 상하고 낮아져서
다시 손을 모으기만 하여도
사유(思惟)하시는 하나님
다시 살짝 하늘을 향해 고개만 들어도
얼굴을 보이시는 하나님
다시 하늘을 향해 손을 들기만 하여도
나의 손을 잡으시는 하나님

하나님의 은혜만이
하나님의 사랑만이
성령님의 충만 내주하심만이
무서운 죄의 힘을 이길 수 있음을 아오니
분초마다 나를 사로잡아 주셔서
정결한 입술로 정결한 행실로 살아가게 하옵소서

회복

십자가의 주님을 떠올릴 때면
늘 울컥 눈물이 쏟아지리라 생각했지요
하나님의 크신 사랑을 떠올릴 때면
늘 그렁그렁 눈물이 맺히리라 생각했지요
고난과 슬픔속의 이웃을 볼 때면
늘 코끝이 찡하고 가슴이 아리리라 생각했지요
풀지 못할 막막한 문제를 주께 쏟아 놓을 때면
늘 눈물이 폭포수처럼 흐르리라 생각했지요

뜨거운 태양을 종일 쬐었더니
건조한 바람을 종일 쐬었더니
모진 풍파에 종일 시달렸더니

눈물이 마르고 마음이 마르고
나의 영혼도 말라 버렸네요
물기라고는 생기라고는 온기라고는 없는
감동과 감격이라고는 없는

마른 뼈가 되어 버렸네요

주의 말씀으로
주의 성령으로
주의 보혈로 다시 채워 주셔서

에스겔 골짜기의 마른 뼈들처럼
힘줄이 생기게 하시고
살이 오르게 하시고
가죽이 덮여 살아 일어나게 하셔서
주의 군사로 큰 군대로 주를 위해 살게 하소서

포도나무

잎만 무성하고 기둥이 약하여
스스로 서 있기조차 못했지요
얼마나 가지들은 가늘고 약한지
누군가의 힘과 수고와 지지목이 늘 필요했지요
얼마나 휘어지고 볼품이 없는지
튼튼한 목재로도 멋진 가구로도 예쁜 장식으로도
도통 합당하지 않았지요

반짝이는 잎을 가진 논 옆의 미루나무가
눈물 나도록 부러웠지요
하늘을 뚫을 듯 푸르게 자라 오르는 전나무가
속이 상하도록 부러웠지요
장군의 갑옷을 두른 듯 장엄한 소나무가
정말 밉도록 부러웠지요

본래 진노의 자식인 저를
본래 활활 타오르는 아궁이를 향하던 저를

본래 땔감으로밖에 쓸 수 없는 저를

참포도나무에 접붙여 주셔서

달콤하고
향기롭고
축제와 잔치에 합당한
최고의 열매를 맺게 하셨군요

들으소서

문득 잠에서 깨어 보니 고난이라는
이름이 놓여 있었지요
문득 문을 열어 보니 슬픔이라는
이름이 나를 맞이했지요
문득 밖을 나서 보니 회오리바람처럼 환난이라는
이름이 나를 엄습했지요

정신을 차려야지
중심을 잡아야지
입술을 깨물며 모진 맘을 먹어 보지만
얼마나 바람이 거센지 바람의 눈 속으로
점점 빨려들어 갔지요

높은 산을 깎아서라도
광대한 바다를 메워서라도
나를 평지로 걷게 하셨던 하나님

광야의 소리를 들으소서
회개의 소리를 들으소서
하늘 향한 부르짖음을 들으소서

사랑의 성령님
물같이 불같이 바람같이 비둘기같이
기름같이 오늘도 충만히 임하셔서
일심으로 전심으로
당신만을 사랑하게 하시고

키가 없을지라도
돛이 없을지라도
닻이 없을지라도

보는 것처럼 믿고
보는 것처럼 바라고
보는 것처럼 순종하며 실천하게 하소서

광야

불뱀들이 오가는 곳
모래바람만이 있는 곳
갈증만이 있는 곳
죽음만이 있는 곳

모래바람이 싫어 장막을 지어 보아도
여전히 눈이 서걱 하네요
만나가 싫다고 메추라기를 씹어 보아도
여전히 입속이 서걱 하네요
원망과 불평으로 반석에 솟는 물을 마셔 보아도
여전히 목구멍이 서걱 하네요

메추라기를 먹었다고 승리한 걸까요?
반석의 물을 마셨다고 승리한 걸까요?

고통은 알아도 고민을 모르는 민족
자유의 시금석인 선악과를 따먹은 민족

죄의 껍질이 조개처럼 단단하네요
노예근성의 껍질이 바위처럼 단단하네요
불평과 원망의 껍질이 강철처럼 단단하네요

죄보다 더 강하신 주여
아말렉보다 더 강하신 주여
모략과 재능의 주여

죄에 반응하는 것이 아니라 주께 반응함으로
영원히 쫓아오는 애굽의 군대를
다시는 보지 않게 하시고
영원히 영원히 보지 않게 하소서

마라의 쓴물을 잠시 지나면
물샘 열둘과 종료나무 칠십 수의 엘림이 있음을
알게 하시고
광야 후엔 우리가 사모하는 가나안이 있음을

미리 보며

감사하므로 승리의 잔을 들게 하소서

희망

무너진 조국
훼파된 성벽
캄캄한 어둠을 밝히려 쏟아져 나오는
불빛들, 희망들

지나온 발자국을 돌아보니

늘 의심하는 불신앙에도
은밀한 곳에 나를 숨기시고
악한 꾀에서 벗어나게 하셨지요

늘 투덜대는 좁은 마음에도
비밀한 장막에 감추시고
경겁한 중에 부르짖을 때마다 들으시고
응답하셨지요

밤새도록 구름기둥으로 자신의 백성을 바로의

눈에서 감추신 하나님
밤새도록 불기둥으로 자신의 백성을 사막의
추위에서 지키시는 하나님
밤새도록 강한 돌풍으로 자신의 백성을 마른 땅을
걷게 하시는 하나님

은혜의 하나님
하나님의 크신 은혜로 이 땅을 불쌍히 여기소서
사랑의 하나님
하나님의 크신 사랑으로 이 땅을 긍휼히 여기소서
지금도 밤새도록 일하시는 하나님
하나님의 열심으로 당신의 백성을 다시 생각하소서

태산 같은 문제들이
작아지고 작아져서
디딤돌로 사뿐히 밟고 가게 하소서

승리

무서운 세상과 힘을 겨루며 마주 설 때마다
큰 체구와 강한 힘을 주시지 않음에
의아하고 서운했지요

무서운 칼과 창이 나를 향해 날아올 때마다
모든 무기를 넉넉히 막아 낼 방패를 주지 않으심에
의아하고 서운했지요

나를 노리는 섬찟한 덫과 올무를 볼 때마다
솔로몬의 지혜와 달변의 혀를 주지 않으심에
의아하고 서운했지요

전쟁은 오직 하나님께 속한 것을 이젠 알아요
하나님을 사랑함이 나의 힘인 것을 이젠 알아요
하나님이 함께하심이 나의 방패임을 이젠 알아요

더욱더 온유한자로 세워 주셔서
땅을 차지하게 하시고
더욱더 겸손한 자로 세워 주셔서
하늘을 차지하게 하시고
더욱더 성실과 순전함으로 세워 주셔서
많은 하나님의 사람을 얻게 하소서

이 땅이 주의 깃발로 가득하게 하시고
주의 이름만이 넘치게 하소서

넉넉히 이기게 하소서

너무 싫어서 돌아가려 했지요
너무 힘들어서 주저앉아 버리려 했지요
너무 무거워서 내던져 버리고 싶었지요

바다에 계시지만 바다에 빠지지 않으시는 주님처럼
주님의 능력이 나의 능력 되어
나도 물 위를 걷게 하소서

풍랑 가운데 계시지만 바람에
휘몰리지 않으시는 주님처럼
주의 힘이 나의 힘이 되어
나도 풍랑 위를 밟게 하소서

세상에 계셨지만 세상을 초월하셨던 주님처럼
주의 탁월하심이 나의 탁월함이 되어
나도 세상을 넉넉히 이기게 하소서

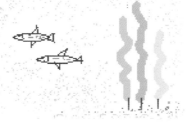

믿음

한번 잡으면 놓지 않는
독수리의 발톱이 있는 것도 아니고
높은 곳에서도 먹이의 위치를 정확하게 감지하는
매의 눈이 있는 것도 아니고
한번 마음먹으면 불도저처럼 밀어붙이는
코뿔소의 힘이 있는 것도 아니고
위풍당당 말의 갈기와 다리가 있는 것도 아니고

미물들처럼
늘 긴장하고
늘 불안해하고
늘 조바심 속에 살아갑니다

믿노라 하면서도
기도하노라 하면서도
당장에 몰려오는 걱정들
순식간에 엄습하는 염려들 근심들

유다지파의 상징인 사자의 용기와 담대함과
다윗의 뿌리 어린양의 사랑을 주셔서
착한 일을 시작하신 이가 그리스도의 날까지
이루심을 믿게 하시고

나의 초라함에 집중하는 것이 아니라
나의 나약함에 힘들어하는 것이 아니라
나의 무능함에 포기하는 것이 아니라

영광의 주님
능력의 주님
왕 되신 주님을 의지함으로
보이지 않는 것을 보며 믿으며 성취하게 하소서

허수아비

포로로 한 마리 참새
푸르륵 참새 떼들

배추씨를 심어 놓은 배추밭에
잘 익어 가는 논두렁에
홀로 서 있는 허수아비

우두커니 허수아비는 아랑곳없이
세모난 부리로 끝도 없이 쪼아 대는 참새들

참새들은 굳세게 날아드네요
참새들은 굳세게 먹어 대네요

한 발짝도 다가가지 못하고
큰소리 한번 내지 못하고
요란한 깡통 줄을 한번 흔들지도 못하고
타는 마음에 눈만 부릅뜨고 있지요

그저 바람 불면 바람 따라 향방 없이 펄럭이고
그저 비가 오면 앙상한 나무에 옷을 찰싹 붙이고
줄줄 비를 맞지요

씩씩한 군복을 입어 보아도
호령하시는 할아버지 저고리를 걸쳐 보아도
꼬장꼬장 할머니 치마를 둘러 보아도
참새들은 여전히 콕콕 씨를 쪼아 대지요
참새들은 여전히 허수아비 어깨에서 짹짹 대지요

그리스도의 봄

주님
어김없이 새싹들은 돋고
꽃이 피고
열매가 맺히네요

그 무서운 추위를 어찌 지냈는지
그 매서운 바람을 어찌 인내했는지
그 감당 못할 시간을 어찌 삼켰는지
작은 새싹들이 귀엽다 못해 기특하네요

애매히 종이 되어 어두운 감옥을
소망으로 이긴 요셉처럼
뜨거운 불가마와 굶주린 사자의
두려움을 이긴 다니엘처럼
쇠사슬과 모진 매의 아픔을
찬송으로 이긴 바울과 실라처럼
수많은 믿음의 선진들처럼

나에게 닥치는 겨울을 신앙으로 잘 이기게 하소서

밤이 어두우면 어두울수록 눈부신 새벽이 다가옴을
알기 때문이죠
파도가 크면 클수록 바다가 넓음을 알기 때문이죠
풀무불이 세면 셀수록 순도 높은 은금이 나옴을
알기 때문이죠
시련이 험하면 험할수록 주님께서 주시는
칭찬과 영광과 존귀가 있음을 알기 때문이죠

겨울 다음에는 늘 언제나 틀림없이 봄을 예비하시고
주시고 누리게 하심을 알기 때문이죠

당신만이 나의 만족입니다

값비싼 가구로 나의 방을 꾸며 주지 않아도
당신의 달콤한 숨결만으로 나는 만족합니다

화려한 장식으로 나의 벽을 꾸며 주지 않아도
당신의 그윽한 눈빛만으로 나는 만족합니다

영롱한 보석으로 내 몸을 꾸며 주지 않아도
당신의 부드러운 속삭임만으로 나는 만족합니다

당신과 함께하는 시간이 정말 소중합니다
당신과 함께하는 찬양이 정말 기쁩니다
당신과 함께하는 속삭임이 정말 달콤합니다

주님만이 나의 만족입니다
주님만이 나의 삶의 의미입니다

은총

큰 환란으로 나의 두 다리는 모두 절뚝였고
세상 홀로 고아 되었을 때
왕은 나를 부르셨지요

나의 종들은 나를 떠나고
나의 조상의 모든 전토가 나의 종의 것이 되었을 때
왕은 조부 때의 부귀영화를 모두 돌려주셨지요

찾는 이 없고 돌아보는 이 없는
죽은 개와 같은 삶을 살았을 때
왕자처럼 항상 왕의 화려한 식탁에 앉게 하셨지요

황무한 마길의 집에서 더부살이하는
초라한 신세가 되었을 때
왕은 예루살렘에서 영원히 살게 하셨지요

다윗이 요나단을 인하여
남은 자를 찾고 불러 주었듯이
하나님께서는 주님의 이름을 인하여 나를 부르시고
천국을 주시고 하나님 앞에서
먹고 마시게 하시는군요

지금도 남은 자를 찾으시는 하나님
하나님의 무궁한 사랑하심에 두 손 들고 찬양합니다
하나님의 끝없는 자비로우심에 두 손 들고 감사합니다
하나님의 측량 못 할 은총 앞에 두 손 들고 경배합니다

하늘길

길에서 태어나 길에서 살다 길에서 죽어 가는
우리의 인생들

산에는 산길
논에는 논길
밭에는 밭길
들에는 오솔길
우리에게는 하늘길

길을 잃고 수렁에 빠져 허우적거리지 않게 하소서
길을 잃고 늪에 빠져 슬픔에 가라앉지 않게 하소서
길을 잃고 계곡에 떨어져
향방 없이 달리지 않게 하소서

길 되시는 나의 주님

나의 눈이 되어 주소서
나의 귀가 되어 주소서
나의 발이 되어 주소서

그래서
치우치지 않고 하늘만을 향하여
달음질하게 하소서

어깨춤

주님은 저를 위해 채찍에 맞으셨는데
저는 주님을 위해 드릴 게 없어요
저의 작은 기도가 그렇게도 주님께
흠향하시는 향기로움이 되었나요?

주님은 저를 위해 살이 찢기셨는데
저는 주님을 위해 드릴 게 없어요
저의 작은 눈물이 그렇게도 주님께
값진 보화가 되었나요?

주님은 저를 위해 조롱을 당하셨는데
저는 주님을 위해 드릴 게 없어요
저의 작은 노래가 그렇게도 주님께
즐거운 찬양이 되었나요?

주님은 저를 위해 갈보리언덕을 오르셨는데
저는 주님을 위해 드릴 게 없어요
저의 작은 몸짓이 그렇게도 주님께
흐뭇한 어깨춤이 되었나요?

터널

얼마나 깜깜한지
사물을 구별할 수도 없을뿐더러
잃어버린 나 자신조차도 찾을 수 없었어요

내가 왜 이렇게 캄캄한 곳에 서 있는지
어디를 가려고 하는지
어떻게 가려고 했는지

여전히 세상은 바쁘게 움직이고 변화하는데
굼벵이가 축축한 땅속에서 웅크리고 있듯이
나 혼자만 적막 속에 갇혀 있었지요

한시라도 빨리
이 어둠을 벗어나야 한다는 강박관념에
떨리는 다리일지라도 허공을 밟듯 나아가지만
여전히 무겁고 힘겨운 어둠뿐이었지요

싸늘한 냉기가 싫어서 숨 막히는 공포가 싫어서
발버둥을 쳐 보기도하고 독한 마음을 먹어 보아도
여전히 끝이 보이지 않는 슬픔과 고통뿐이었지요

나의 힘으로는 어쩔 수 없기에
아픔을 등에 지고 눈이 짓무르도록
울어도 보았지요
나의 능력으로는 어쩔 수 없기에
슬픔을 품에 안고 목이 쉬도록 외쳐도 보았지요
나약한 피조물의 한계로는 어쩔 수 없기에
절망을 머리에 이고 꿇어앉은 무릎을
피멍이 들도록 두드려도 보았지요

눈물방울을 세시고 부르짖음의 길이를 재시고
고난의 양을 저울질하시는 하나님을 몰랐어요
구원의 계획을 가지시고
부수시고 다시 빚으시며

참고 견디셨던 하나님을 몰랐어요
약속의 때가 이르면 깊은 어둠에
하나님의 은총의 빛이 비춘다는 것을
정말 몰랐어요

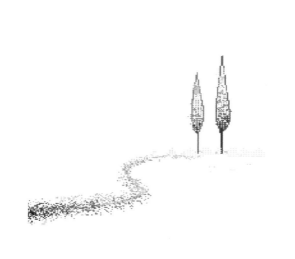

칼란디바

강렬한 햇볕이 쏟아진다
살갗이 익을 듯
꽃잎이 마를 듯
살짝 잎을 말고 꼿꼿이 견뎌 보는 거야
실핏줄 같은 다리로라도 내 자리를 지켜보는 거야

장대비가 억수로 쏟아져도
푹푹 삶아지는 찜통더위 속에도
비를 몰고 오는 거센 바람 속에도

살려 달라고 손을 떨며
도와 달라고 하늘 향해 두 팔을 벌리고
그렇게 모질게 자리를 지켜보는 거야

무릎 꿇은 나무

거센 바람을 이겨 보리라 이를 악물어도
나의 몸은 점점 기울어 갔어요
매서운 찬바람을 담담히 맞으리라
가슴에 피멍이 들도록 다짐을 하지만
나의 몸은 점점 웅크린 모습이 되어 갔어요

거센 바람을 원망도 해 보았지요
매서운 찬바람을 미워도 해 보았지요
하필 고난의 자리에 뿌리를 내리게 하셨냐고
어리석게도 하나님께 섭섭함을 가져도 보았지요

키가 훤칠한 아름드리나무가 되어
성전의 한 귀퉁이라도 세우기를 바랐는데
구부러지고 휘어져서 목재로 쓸 수 없고
볼품도 없어졌어요

주님 그래도 저는 인내할 거예요

주님이 주시는 모든 것은
재앙이 아니라 평안인 것을
결단코 장래에 소망을 주려 하심을 믿기 때문이죠

바람이 세차면 바람을 피해 가지를 뻗고
온기가 필요하면 햇살을 향해 몸을 틀어요
그렇게 인내로 인내를 키워
아름다운 소리로 영혼을 위로하는
하늘 악기가 될 거예요

오늘도 신실하신 하나님을 믿는 믿음으로
무릎으로 무릎으로 사랑하는 주님 앞에
겸손히 나아갑니다

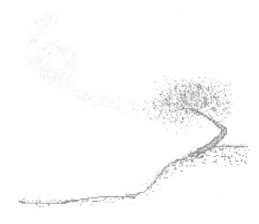

등대

광대한 바다에
홀로 떠 있는 조각배는 늘 불안하기만 합니다
잔잔한 물결 속에서도 폭풍을 그리며 몸을 떨고
푸른 하늘 속에서도 무서운 폭우를 걱정합니다

거대한 엔진이 있어 무서운 속도로
달릴 수 있는 것도 아니고
커다란 닻이 있어
묵직한 버팀목이 있는 것도 아니고
그저 바람을 의지하고 나아가기에
하루하루 순풍만을 고대합니다

좌우가 칠흑 같은 어둠일지라도
주께서 주시는 빛을 바라보며 힘껏 저어 갑니다
앞뒤가 격동하는 바다일지라도
주께서 주시는 소망을 바라보며 힘껏 저어 갑니다

오직

주께서 주신 약속만을 바라보며 힘껏 저어 갑니다

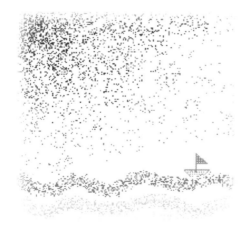

너무도 좋습니다

요란한 폭음과 함께 펼쳐지는
현란한 밤하늘의 폭죽처럼
가슴 설렌 약속들을 쉽게 저버리는 이때

약속을 능히 지킬 만한 능력이 있으신
전능하신 하나님이
약속을 끝까지 신실하신 하나님이
요즘은 너무도 좋습니다

꿈과 희망이 있을 것 같아
힘껏 불어 대던 비눗방울처럼
진실이라 여겼던 말들이
금방 하얗게 부서지는 이때

거짓말을 못하시는 하나님이
자신을 부인하지 못하시는 하나님이
요즘은 너무도 좋습니다

주님

그럴수록 주님을 더욱더 올곧게 바라볼 거예요

경수(經水)가 끊어지고 소망이 없을지라도
끝까지 인내하므로
이스마엘이 아니라 이삭을 얻는
아브라함의 축복된 삶을 살게 도와주세요

약속

겉보기에 보암직한 씨앗도
생명력이 없을 수도 있고
겉보기에 크지만 작은 열매를 맺는 씨앗도 있고
겉보기에 풍성해 보여도
쓸모없는 과일을 맺는 나무가 있지

크기가 작다고 비웃지 마라
비죽 비죽 비웃음과 냄새나는 거름더미에서
나를 건지시며
너덜너덜 넝마를 벗기시고
화려한 옷으로 입히시는구나

빛깔이 초라하다고 눈 흘기지 마라
매운 눈초리와 돌처럼 굳은 얼굴들에서
나를 이끄시며
열손가락에 도톰한 가락지를 끼우시고
발에는 평강의 신을 신기시는구나

모양이 볼품없다고 무시하지 마라
슬픔의 잿더미와 캄캄한 외로움에서 나를 이끄시며
살진 송아지를 잡고 잔치를 벌이시는구나

정말 꿈이라 생각했어요
정말 믿기지 않았어요
정말 가물가물 희미했어요

먼저 약속하시고
약속을 지키시며
약속을 이루어 가시는 하나님을 경배합니다

How do you say I am?

너에게 나는 누구니?

⋯⋯

너에게 나는 누구니?
좋으신 분이요

아니 너
너에게 나는 누구니?
사랑의 주님이요

글쎄
너
너
너에게 나는 누구니?
주님은
저의 구세주이시고
살아 계신 하나님의 아들이세요

그리고

나의 보석

나의 사랑

나의 전부이세요

부끄러울지라도

주님 나의 몸에
부스럼들이 먼지처럼 떨어져 쌓이고
진물이 흘러 끈적일지라도
주님께 나아가 엎드립니다

주님 나의 몸에
치유되지 않은 아픔과 슬픔으로
악취가 코를 찌를지라도
주님께 나아가 허리 굽혀 예배합니다

주님 나의 몸이
뭉툭해지고 이겨진 흉한 몰골이라 부끄러울지라도
주님께 나아가 두 손 들고 경배합니다

저의 좋지 못한 물에 소금을 던지셔서
어릴 때 상처들이 꽃송이처럼 향내 나게 하소서
저의 마라의 쓴물에 나뭇가지를 던지셔서

어릴 때의 아픔이 눈부신 삶으로 피어나게 하소서

저의 연약한 몸에 손을 대시고

근원을 고치시고 고치셔서

어릴 때의 흉터에서 하늘의 뭇별들을 보게 하소서

망각

삶의 이런저런 어려움들이
정말 하늘처럼 커 보이네요
종지만 한 믿음 때문에
기쁠 때는 기쁨을 못 이겨 출렁이고
슬플 때는 끝도 없는 바닥으로
가라앉는 모습이네요

살짝 스치는 바람에도
한겨울 매운바람을 만난 양
온몸을 떨며 후들거리고
잠깐 비추는 햇빛에도
사막의 이글거리는 태양을 만난 듯
깊은 숨을 몰아쉬며
괴로워하네요

홍해가 정말 어마어마하다고
건널 생각은 아예 접어 두고

애굽 가마솥이 좋았다고
파, 마늘이 좋았다고
그새 허탄한 말을 쏟고 있네요
몰려오는 두려움과 공포로 마음이 녹아
죄악에서 건져 주신 하나님을
깜박깜박 잊어버리네요

우리의 가는 길은 하나님을 섬기든
삶의 우상을 섬기든 두 길뿐인 것을

나의 앞길에 엉컹퀴가 있더라도
가시넝쿨이 있더라도
사랑하는 주님을 늘 언제나 순간순간
잊지 않게 하소서

은혜로 건넌 홍해

나를 삼킬 것 같은 넘실대는 파도가 무서웠어요
금방이라도 무너질 듯한 물벽이 나는 불안했어요
나의 핏기 없는 얼굴은 파랗게 질려 갔지요

나를 죽이려 쫓아오는 말발굽 소리가 무서웠어요
금방이라도 잡힐 것 같아서 길게만 보이는
홍해길이 나는 초조했어요
나의 입술은 바싹 마르고 다리는 바람 앞에
등불처럼 후들거렸지요

장자의 죽음을 갚으리라 칼을 휘두르며 달려오는
바로왕의 눈빛이 무서웠어요
금방이라도 칼에 맞아 피를 쏟을 것 같아
눈앞이 캄캄했어요
나의 숨은 가빠지고 심장은 빠르게 고동쳤지요

주님 정말로 믿음이 없었어요

무섭게 출렁이는 물벽을 바라보느라
물을 가르시고 물을 세우시는
하나님의 능력을 보지 못했어요

주님 정말로 믿음이 없었어요
홍해 길의 돌부리를 살피고 피하느라
홍해를 넘어서 주실 약속의 가나안을
보지 못했어요

주님 정말로 믿음이 없었어요
점점 다가오는 말발굽소리를 듣느라
홍해로 인도하신 이가 능히 건너게 하실
전능자이심을 보지 못했어요

이젠 배고프다고 불평하지 않아요
이슬 같은 만나와 메추라기를 기억하기 때문이죠
이젠 목마르다고 원망하지 않아요

반석에서 솟아나는 샘물을 마신 때문이죠
이젠 응답이 더디다고 투덜대지 않아요
때를 따라 불기둥 구름기둥으로 보호하심을
믿기 때문이죠

Think와 Thank

주님 지나간 날들을 헤아려 봅니다
모든 것이 주님의 사랑이었군요

주님 지나간 일들을 헤아려 봅니다
모든 것이 주님의 희생이었군요

주님 지나간 문제들을 헤아려 봅니다
모든 것이 주님의 아픔이었군요

이제는
주님의 구멍 난 손을 잡고 감사드려요
이제는
주님의 구멍 난 발에 엎드려 감사드려요
이제는
주님의 영광의 보좌 앞에 무릎 꿇고 감사드려요

항해

거센 파도가 몰려올 때
내 눈을 열어 주셔서
파도 속에 계시는 주님을 보게 하소서

거센 바람이 몰려올 때
내 귀를 열어 주셔서
바람 속에 계시는 주님의 음성을 듣게 하소서

불만불평과 짜증이 몰려올 때
내 마음을 열어 주셔서
피 흘리신 주님의 겸손을 보게 하시고
주님이 동행하시면 벌써
고난이 아닌 것을
축복인 것을
언제나 기억하게 하소서

소원

큰 그릇, 작은 그릇
동그란 그릇, 네모난 그릇
얕은 그릇, 깊은 그릇
왕의 식탁에 오르는 금그릇, 은그릇
아궁이 재로 반짝반짝 닦아 내는 놋그릇
나무그릇, 쉽게 금이 가는 토기그릇까지
이 땅에는 수많은 그릇들이 있지요

번쩍이는 금그릇이길 원하지 않아요
화려하게 장식된 은그릇이길 원하지 않아요
오직 주님의 피로 씻긴 깨끗한 그릇이길 원해요

주님이 원하시는 만큼만 둥글게 빚어 주세요
주님이 원하시는 만큼만 넓게 빚어 주세요
주님이 원하시는 만큼만 깊게 빚어 주세요
주님이 원하시는 만큼만 단단하게 빚어 주세요

주님께서 언제 어디서나 쉽고 편하게 사용하시는

정결한 그릇으로 세워 주세요

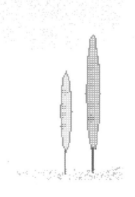

인내

채찍에 피가 튀고 살이 튀고 뼈까지 희끗희끗
드러나는 버림받은 주님의 육체
종려가지 흔들던 군중들과 사랑했던 제자들과
죽기까지 따르겠다던 베드로에게 버림받은
주님의 마음
고개를 돌리시고 하늘 창문을 닫으시며
어둠으로 가리시는 아버지
늘 함께했던 일체(一體)이신 아버지께 버림받은
주님의 영혼

힘없는 자처럼 끝까지 모진 채찍을
다 받으시는 주님
주님의 강하신 손으로 저를 누르고 누르셔서
저도 주님처럼 인내하므로
투명한 영혼을 소유하게 하소서

능력 없는 자처럼 끝까지 끌려다니시며
조롱당하시는 주님
주님의 뜨거운 입김으로 저를 녹이시고 녹이셔서
저도 주님처럼 인내하므로
사랑하는 영혼을 위해 자신의 몸을 드리는
뜨거운 열정을 소유하게 하소서

권세 없는 자처럼
끝까지 쓸개 탄 포도주를 받지 않으시고
인간의 최악의 고통을 맛보시는 주님
주님의 성령의 칼로 저를 깎고 깎고 또 깎아 주셔서
저도 주님처럼 인내하므로 깎인 여러 면(面)들로
아름다운 영성을 발하게 하소서

축복이었군요

내 발이 깊은 수렁에 있을 때
움직이면 움직일수록
힘을 쓰면 힘을 쓸수록
더 깊이깊이 빠져 갔어요

수렁의 깊이를 알 수 없기에
나지막이 신음소리가 나도 모르게 흘러나왔지요

내발에 단단한 쇠고랑이 채워졌을 때
하고픈 일을 할 수 없고
마음대로 다닐 수도 없고
편안하게 쉴 수도 없었어요

무거운 쇠고랑을 벗을 기한을 알 수 없기에
무너지는 한숨소리가 나도 모르게 새어 나왔지요

힘을 쓰다 쓰다 지쳤을 때

수렁에서 건져 주시는 하나님을 만났어요
두드리다 두드리다 지쳤을 때
죄의 무거움을 벗겨 주시는 주님을 만났어요
사방이 막혀 눈을 들어 하늘을 바라볼 때
위로와 평안을 주시는 성령님을 만났어요

고통이 감춰진 하나님의 축복이었군요
고통이 감춰진 하나님의 사랑이었군요
하나님의 은총이
시련이라는 가면을 쓰고 오는 거였군요

보물찾기

산을 뒤흔드는 호루라기 소리
발 빠른 아이는 벌써 산을 오르며
도장 찍힌 보물들을 주워 댄다

뒤쫓아 오르며
돌을 들춰보기도 하고
쌓인 나뭇잎을 흩뿌려도 본다

한참 만에 간신히 찾은 보물
자기가 먼저 본 것이라고 무섭게 달려드는 친구
어이없게 내주고 몇 날을 아파한다
공책을 못 받아서가 아니라
말 한마디 주장 한마디 못한 바보스러움에
가슴을 찢었던 어린 시절

이젠
무거운 돌을 들추지 않아도

묵직하게 쌓여 있는 젖은 나뭇잎을 헤치지 않아도
힘겹게 산과 높은 나무를 오르지 않아도 된다

믿음으로 주시는 보물
다행이다
이젠 빼앗기지 않아
나의 천국 나의 보물을

얼음냉수

주님은 십자가 위에서
내가 가야 할 지옥을 지금 걷고 계시군요
내가 담당할 목마름을 지금 견디고 계시군요
내가 져야 할 저주를 지금 감당하고 계시군요

동전 한 닢을 아끼며 살 때는
넘치는 부가 나의 목마름을 채우리라 여겼지요
외워도 외워도 끝이 없던 시험의 막막함은
최고의 점수가 나의 목마름을 채우리라 여겼지요
현란하게 돌아가는 번쩍임 아래
정신없이 춤을 출 때는
세상의 쾌락이 나의 목마름을 채우리라 여겼지요

주님 이제는
다른 길 다른 방법이 없음을 알아요
인생의 목마름을 잘 아시고
나를 나보다 더 잘 아시는

주님 앞에 엎드리는 것밖에 없음을 알아요
주님의 해결이 더 빠르고 정확함을 알아요

주님 이제는
주님 앞에 나의 모든 목마름을 내려놓아요
내 마음의 왕좌를 주님께 내어 드려요
내 인생의 주인으로 두 손 들고 주님을 모셔 들여요

주님 이제는
영혼을 향한 주님의 목마름을
외면하지 않을 거예요
주님의 갈증을 풀어 드리는
여름날 얼음냉수 같은 삶을 살게 하소서

멀리 볼 수 있답니다

어둔 밤 좁은 시야(視野)로 한숨이 묻어날 때
조용히 주님의 피 묻은 가시관을 바라보세요
낮에는 볼 수 없는 아름다운 별들을 볼 수 있답니다

어둔 밤 태산 같은 짐에 눌려 신음소리 흐를 때
조용히 주님의 무거운 십자가를 생각해 보세요
어둠을 뚫고 찬란히 빛나는
새벽별을 볼 수 있답니다

칠흑 같은 밤 답답한 가슴에 눈물이 가득할 때
조용히 눈을 감아 보세요
낮에 보다
사물을 분별할 수 있을 때보다
멀리 더 멀리 볼 수 있답니다
하나님의 사랑하심과 하나님의 영광과
멀리 하늘나라까지

물 위를 걸을 수 있으니까요

캄캄한 바다를 나아가다가
윙윙 바람 소리에 마음이 떨린다 할지라도
주님 저는 나아갈 수 있어요
해님 같은 주님의 얼굴을 바라보니까요

캄캄한 바다를 나아가다가
끝도 모를 깊은 물이 나를 삼킨다 할지라도
주님 저는 나아갈 수 있어요
튼튼한 주님의 오른팔을 믿으니까요

캄캄한 바다를 나아가다가
몰려오는 거센 파도에
나의 간담이 녹는다 할지라도
주님 저는 나아갈 수 있어요
주님처럼 베드로처럼 물 위를 걸을 수 있으니까요

개의치 않으시는 하나님

주여 나의 영혼이 쇠하여
하나님의 영광에 미치지 못합니다
주여 나의 마음이 약하여
하나님의 영광에 이르지 못합니다
주여 나의 육신이 병들어
하나님의 영광을 가립니다

이 세상에서 빛 된 삶을 살아야 하는데
이 세상에서 소금과 같은 삶을 살아야 하는데
이 세상에서 경종을 울리는 삶을 살아야 하는데

흠칫 작아진 마음에 죄송합니다
흠칫 작아진 소망에 죄송합니다
흠칫 작아진 믿음에 죄송합니다

하지만

저의 작아진 마음에 개의치 않으시고
당신의 뜻을 이루시는 하나님을 찬양합니다
저의 작아진 소망에 개의치 않으시고
당신의 생각을 이루시는 하나님을 찬양합니다
저의 작아진 믿음에 개의치 않으시고
당신의 계획을 성취하시는 하나님을 경배합니다

가을

햇살에 빛나던 눈부신 연둣빛은 어디 있니?
보들보들 부드러운 꽃잎은 어디 있니?
한여름의 푸르렀던 싱싱한 초록빛은 어디 있니?

어느새 뜨거움과 갈증에 갈색으로 버석하구나
어느새 거센 바람과 무서운 폭우로
주름의 골이 깊어졌구나
어느새 수많은 비틀거림과 수많은 헛발질로
후끈 열이 올랐구나

하지만 조금만 뒤를 돌아보렴
너에겐 나무 타는 향내처럼 그윽함이 묻어난단다
하지만 조금만 멀리서 바라보렴
너에겐 가을 조각들의 아름다운 반짝임이 있단다
하지만 잠시 눈을 감아 보렴
겉사람은 후패하나 든든히 서 있는 속사람의
강건함이 있단다

잠깐 찬바람을 인내하는 거야
잠깐 찬서리를 인내하는 거야
잠깐 눈보라를 인내하는 거야

정녕히 생각지도 못한 따스한 봄이
널 기다리고 있으니까
정녕히 찬바람도 찬서리도 눈보라도 없는 봄이
널 기다리고 있으니까
정녕히 눈물도 아픔도 상처도 없는 새 나라가
널 기다리고 있으니까

떨기나무

시원하거나
달콤하거나
허기를 달랠 만한 열매가 맺히는 것도 아니고
풍성한 나뭇잎이 있어 오가는 이들에게
잠깐의 기쁨이 되는 것도 아니고

모래바람에 마르고
뜨거운 태양에 마르고
끝도 없는 외로움에 마르고 말라
쪽찌는 할머님 몇 올 안 되는 하얀 머리카락

그저 바로의 왕자라는 권세를 던져 버리기만 하면
공주의 아들이라는 부와 명예를 버리기만 하면
이스라엘을 향한 뜨거운 열심만 있다면
모든 이스라엘이 달려와
모세의 힘이 되리라 여겼지요

반역자가 되어
도망자가 되어
살인자가 되어 광야에서 사십 년을 보냈더니
초라한 몰골과 실패의 기억과 옆에는
이드로의 양 떼밖에 없네요

저의 더러운 신발을 벗사오니
저의 더러운 얼굴을 땅에 대고 경배하오니

떨기나무와 같은 저에게도 임하셔서
실패를 딛고 일어서게 하시고
약함을 딛고 일어서게 하시고
하나님의 능력으로 고난을 이기고 환경을 뛰어넘어
의의 용사로 일어서서 애굽에서 나오게 하시고
홍해를 건너게 하소서

당신 때문이지요

나의 불안이 사라졌어요
나의 시작과 끝을 아시는 당신 때문이지요

나의 초조함이 사라졌어요
강한 팔을 가지신 당신 때문이지요

나의 외로움이 사라졌어요
늘 옆에 계시는 당신 때문이지요

나의 두려움이 사라졌어요
늘 앞서 행하시는 당신 때문이지요

이제는 주님만 기뻐할래요
이제는 주님만 노래할래요
이제는 주님만 사랑할래요
이제는 주님만 경배할래요

순종

주님의 뜻을 좇아가는 길에
넘실대는 요단강이 있어요
주님 많은 물을 담아낼 큰 그릇을 만들까요?
주님 큰 강을 건너고도 남은 거대한 배를 만들까요?
주님 거센 물살을 가르는 단단한 노를 만들까요?

기도하라고
성결하라고
짙푸른 강물 위로 믿음의 발을 내디디라 하시네

주님 정말 위에서부터 흘러내리던 물이 그치는군요
주님 정말 물이 멈춰 일어나 쌓이고
저를 마른 땅에 서게 하시는군요
주님 정말 요단강을 건너게 하시며
주님의 큰 기사를 보게 하시는군요

주님의 뜻을 좇아가는 길에 난공불락 성이 있어요

주님 적군을 쓰러뜨릴

날카로운 칼과 창을 만들까요?

주님 적군의 화살을 막아 낼

튼튼한 방패를 만들까요?

주님 전쟁을 이길 만한 기막힌 작전을 궁리할까요?

잠잠하라고

여리고를 돌기만 하라고

때가 차매 힘껏 외치기만 하라시네

정말 나팔소리에 무너져 내리는군요

정말 외치는 소리에 부서져 내리는군요

정말 앞으로 앞으로 나아가게 하시는군요

아픈 하나님의 마음

소원대로 높은 자리에 오르기만 하면
어느 정도 물질을 쌓았다고 치면
자신에게 작은 이익도 될 수 없다고 여겨지면

주님을 판 유다처럼
아벨을 돌로 쳐 죽인 가인처럼
성전에서조차 음란히 우상을 섬기던
자칭 하나님의 사람들처럼

귀가 닫히고
눈이 닫히고
마음이 닫혀서

보이는 것을 내놓으라고
보고 믿겠노라고

선을 악으로 갚듯

순식간에 돌변하는 인생들

높은 명예로 너를 세울 때
넘치는 부로 너를 채울 때
풍요 속에 나를 밀어 버린 종들같이

너는 나를 떠나지 않을 수 있겠니?
너는 나를 배반하지 않을 수 있겠니?
너는 나를 배신하지 않을 수 있겠니?

물으시고 또 물으시는
아픈 하나님의 마음

베드로의 고백

주님이 다가올 고통으로 괴로워하실 때
나도 괴로워했더라면 얼마나 좋았을까

주님이 땀방울이 핏방울 되도록 기도하실 때
나도 기도했더라면 얼마나 좋았을까

주님이 대제사장의 뜰에서 조롱을 당하실 때
나도 조롱을 당했더라면 얼마나 좋았을까

주님이 무거운 십자가를 지고 가실 때
나도 십자가의 귀퉁이라도 들어 드렸더라면
얼마나 좋았을까

이제는 주님이 괴로워하실 때 괴로워하고
주님이 아파하실 때 아파하고
주님이 슬퍼하실 때 슬퍼하고
주님이 미소지실 때 웃을 거예요

140

크신 사랑

진흙을 이기는 것이 힘든 것이 아니라
벽돌을 찍고 짚을 줍는 것이 힘든 것이 아니라
종의 배고픔과 애굽의 채찍이 힘든 것이 아니라

하나님의 잠잠하심이
하나님의 모른 척하심이
하나님의 무거운 침묵이 너무나 힘들었어요

그래요 주님 이제는 알아요
저를 낮추시고 낮추셔서

영광의 날에 영광에 취해
종 되었던 때를 잊지 않길 원하시는
크신 사랑임을 알아요
기쁨의 날에 기쁨에 취해
구원의 믿음을 잃지 않길 원하시는
크신 사랑임을 알아요

축복의 날에 축복에 취해
복의 근원인 하나님을 잃지 않길 원하시는
크신 사랑임을 알아요

악의 목전에서 상을 베푸시고
축배의 잔을 들게 하시는 하나님
압박자들의 눈앞에서 어깨를 펴고
당당히 걸어 나오게 하신 하나님
바로와 그의 신들 앞에서 신 중에
최고이심을 드러내신 하나님

하나님의 권능이 오늘도 함께하셔서
우리의 능력이 능력 되게
우리의 승리가 승리 되게
우리의 예배가 예배 되게 하소서

고려청자

내가 너를 접시처럼 만들면 어떻겠니?
주님 좋아요, 감사해요

내가 너를 밥주발처럼 조금 더 구부리면 어떻겠니?
주님 좋아요, 저를 쓰시겠다니 감사해요

내가 너를 조금 더 길게 조금 더 좁게
조금 더 뜨겁게
구우면 어떻겠니?
주님 그것만은 안 돼요
너무 길은 것은 무서워요
너무 좁은 것은 숨이 막혀요
너무 뜨거운 것은 살갗이 데일 것 같아요

싫어요

……

......

......

주님 죄송해요

저는 주님 것인데

주님이 원하시는 모양대로

주님이 원하시는 모습대로

빚어지고 싶어요

저에게 두려워도 순종할 수 있는

용기와 믿음을 주세요

해답이 있으니까요

빗줄기처럼 눈물이 쏟아져 나의 식물이 되어도
저는 인내할 수 있어요
주님 안에 온전한 위로하심이 있으니까요

이글거리는 모래밭을 허덕이며 갈지라도
저는 인내할 수 있어요
주님 안에 참된 소망이 있으니까요

넘지 못할 산으로 가슴이 울렁이고 답답할지라도
저는 인내할 수 있어요
주님 안에 진실한 해답이 있으니까요

주님께서 나의 눈물방울을 세시는 것만으로
주님께서 나의 한숨의 길이를 재시는 것만으로
주님께서 나의 고난의 깊이를 아시는 것만으로
충분해요

주님 저에게 독수리처럼

멀리 볼 수 있는 눈과

폭풍과 하늘을 뚫고 오를 힘과

한 번의 날갯짓으로 미동 없이 날 수 있는

강한 어깨를 주셔서

폭풍을 넘어서 폭풍 위에서

환난을 넘어서 환난 위에서

슬픔을 넘어서 슬픔 위에서

참된 평온함을 맛보게 하시고 누리게 하소서

주님 지나가실 때

주여 나의 눈을 밝혀 주셔서
주님 지나가실 때 주님의 모습을 알아보게 하소서
주여 나의 귀를 밝혀 주셔서
주님 지나가실 때 주님의 음성을 분별하게 하소서
주여 나의 마음을 밝혀 주셔서
주님 지나가실 때 주님의 향내를 구별하게 하소서

주님 지나가실 때 다윗의 자손이여 소리치는
저를 불쌍히 여기소서
주님 지나가실 때 다윗의 자손이여 소리치는
저의 애통함을 들으소서
주님 지나가실 때 다윗의 자손이여 소리치는
저의 부르짖음에 응답하소서

주님 지나가실 때 주님의 눈길이
저에게 머물기를 원합니다

주님 지나가실 때 주님의 손이
저에게 임하기를 원합니다
주님 지나가실 때 성령님의 충만하심이
저를 감싸기를 원합니다

그래서
마른 가지에 물이 오르듯 강건하게 하소서
마른 가지에 새싹이 돋아나듯
푸르게 피어나게 하소서
마른 가지에 잎이 풍성하여 오가는 이들의
쉼이 되게 하소서

세례요한

주님의 길을 준비하는 광야의 바람이여
주님의 길을 곧게 펴는 광야의 소리여
외쳐야 할 말만 외치고
서야 할 곳에만 서고
가야 할 길만을 눈물로 가는 광야의 엘리야여
죽음 앞에서조차 부름을 잊지 않는
광야의 선지자여

많은 만남의 기쁨보다
주님과의 외로움을 택한 이가 아름답습니다
현실의 안락보다
주님과의 괴로움을 택한 이가 아름답습니다
이 땅에서의 모든 즐거움보다
주님과의 죽음을 택한 이가 아름답습니다

주님
저를 녹이시고, 저를 비우시고, 저를 채우셔서

믿음의 선진들의 길을 온전히 따르게 하소서

그래서
저도 다시 오실 주님의 길을 한 자락이라도
곧게 펴게 하소서
저도 하늘을 울리는 광대한 나팔소리를
듣게 하소서
저도 다시 오시는 주님을 기쁨으로
맞이하게 하소서
저도 하늘에서 베푸시는 영광의 잔치 자리에
넉넉히 앉게 하소서

나랑 같이

사랑하는 그대여 무엇을 보시나요?
정말 똑바로 보지 않으면
나라는 존재도 잃어버리는 세상

사랑하는 그대여 무엇을 보시나요?
가룟 유다는 돈을 보았기에 주님을 팔고
롯은 잠깐의 풍요를 보았다가
소금 기둥으로 아내를 잃었지요

그러나
아브라함은 부지중에 천사를 보았기에
웃음의 아들을 얻고
야곱은 하늘 사다리를 오르내리는 천사를 보았기에
희망을 얻고
또한 이스라엘이라는 축복의 이름을 얻었지요

사랑하는 그대여 무엇을 보시나요?

나랑 같이 영원한 웃음을 보지 않을래요?
나랑 같이 영원한 희망을 보지 않을래요?
나랑 같이 축복의 이름을 얻지 않을래요?

하나님의 눈물

거친 숨소리
지치신 몸과 마음
엘리 엘리 라마 사막다니 처절한 절규에
하나님은 얼굴을 돌리시네

하늘아 울어라
땅아 가슴을 두드려라
바람아 통곡을 하여라

하나님의 아들이 손과 발에 못을 박히시고
하나님의 아들이 높이 달리시어
물과 피를 쏟으시고
하나님의 아들이 목마르다 말씀하시고
고개를 떨구시네

하늘아 울어라
땅아 가슴을 두드려라

바람아 통곡을 하여라

하나님의 아픔에 별들은 빛을 잃고
하나님의 슬픔에 하늘은 흑암을 이루고
하나님의 눈물은 굽이굽이 애곡의 강이 되어
흐르는구나

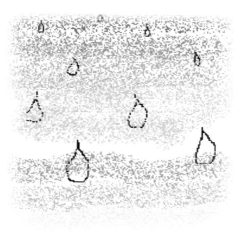

정결

사망의 음침한 골짜기를 만날 때마다
생소한 일들을 접할 때마다
미래라는 자신 없는 이름 앞에 조용히 설 때마다

짙푸른 홍해(바다)를 큰 배로 건넌 것이 아님을
넘실대는 요단강을 인간의 지혜로
건넌 것이 아님을
난공불락 여리고를 큰 통나무와 무거운 돌로
무너뜨림이 아님을 기억하게 하소서

부싯돌을 갈아 할례를 행했듯이
죄악된 행실을 끊게 하시고
온갖 더러움을 물로 씻듯이
나의 죄악을 주님의 보혈로 씻어 주시고
벗을 수 없는 원죄를 성령의 불로 태워 주소서

그래서

오늘도 한 번도 가 본 일 없는 길과
누구도 밟지 않은 땅을 가게 하시고

미리 주신 푸른 초장을 믿음으로 디디게 하심으로
최고와 최상의 길로 걷게 하시고

환경과 여건을 바라보지 않고 하나님 앞에서의
거룩함과 정결함만을 회복하며 나아가며 얻으며
누리게 하소서

죽임당한 어린양

주님은
털 깎는 자 앞 어린양처럼
입도 열지 않으시고
채찍에 맞으시고 창에 찔리시고
못에 박히시는군요

주님은
도살장으로 끌려가는 어린양처럼
십자가에 못 박으라고
죽이라고
없이하라는 아우성에
묵묵히 인내하시는군요

주님은
버림받은 아사셀의 어린양처럼
태산 같은 죄를 지고
비틀비틀

죽음의 광야를 향해 나아가시는군요

얼마나 두려우셨어요?
얼마나 외로우셨어요?
얼마나 무거우셨어요?

죽음의 두려움을 이기신 어린양을
온 마음 다해 찬양하리
죽음의 외로움을 이기신 어린양을
온 정성 다해 찬양하리
죽음의 무거움을 이기신 어린양을
온 힘 다해 찬양하리

뜨거운 사랑 때문이었군요

당신이 당하실 그 큰 고통을 아시면서
어떻게 이 땅에 오셨나요?
어떻게 다 아시면서
낮고 천한 말구유에 누우셨나요?

당신이 당하실 엄청난 고통을 아시면서
어떻게 빌라도 앞에 잠잠히 서시나요?
어떻게 다 아시면서
살을 가르는 채찍을 맞으셨나요?

하나님이 당하실 그 큰 슬픔을 아시면서
어떻게 십자가에 높이 달리시나요?
어떻게 다 아시면서
피를 쏟고 물을 쏟으셨나요?

나를 향한 간절한 사랑 때문이셨군요
나를 향한 뜨거운 사랑 때문이셨군요
세상을 향한 불타는 열심 때문이셨군요

승리의 깃발 되게 하소서

손을 들고 주께 기도드릴 때
꾀꼬리가 주를 위해 노래하듯
찬양의 깃발 되게 하소서

손을 들고 주께 기도드릴 때
무성한 나무가 바람에 흔들리듯
경배의 깃발 되게 하소서

손을 들고 주께 기도드릴 때
엘리야가 불이 임하기를 기도하듯
능력의 깃발 되게 하소서

손을 들고 주께 기도드릴 때
모세가 아말렉을 이기기 위해 기도하듯
승리의 깃발 되게 하소서

걱정하지 마

오른손이 불편하다고 걱정하지 마
호령과 천사장의 소리의 그날이 오면 완전해지니까

길을 걸을 때 다리를 전다고 걱정하지 마
하나님의 나팔소리가 들리는 그날이 오면
완전해지니까

노래할 때 목소리가 샌다고 걱정하지 마
구름 타고 강림하실 그날이 오면 완전해지니까

매일매일 주의 보혈로 옷을 빨아
눈부신 세마포를 준비하면 돼

쇳가루가 자석에 쏜살같이 들러붙듯
하늘잔치 자리에 가뿐히 올라앉을 테니까

마리아처럼

요셉처럼

목동들처럼

동방박사들처럼

다시 오실 주님을 뵈올 거니까

지혜

산과 개울과 흙이
친구이자
놀이이자
삶이었던 어린 시절

한 뼘이라도 더 넓히기 위해
작은 손가락이 찢어지도록 애쓰던 땅따먹기 놀이

불똥으로 옷이 상하는 줄도 모르고
어깨가 아픈 줄도 모르고
더 큰 불꽃을 얻고자
쉭 쉭 밤이 맞도록 돌려 대던 쥐불놀이

동네 또래들과 한여름 땡볕에서
온 힘을 모아 내리치며 보물처럼 모아 대던
동생의 딱지들

엄마가 부르시면
저녁이 되면
밤이 되면 금방 쓸모없을 것을

지혜가 되신 주님
나의 눈과 마음과 생각을 사로잡으셔서

가치 있는 일에
쓸모 있는 일에
주께서 주시는 칭찬과 생명과 천국을 위해
살게 하소서

경배

지혜롭게 산다고 하지만
도덕적으로 산다고 하지만
의롭게 산다고 하지만

실수와 실패로 멍든 나의 모습을 보며 실망합니다
상처 난 나의 마음을 돌아보며 다시 아파합니다
나의 힘으로는 해결할 수 없는 문제로
마음이 아득합니다

엘리에셀만 바라보며 집중하는 나에게
하나님은 하늘의 뭇별을 보게 하시네요
짧은 지혜로 살아가는 다말 같은 나에게
하나님은 구원의 은총을 잊지 않으시네요
슬픔과 좌절에 자리를 틀고 앉은 나에게
달리다굼 부드러운 음성으로 말씀하시네요

바다를 뒤집어서라도
땅을 갈아엎어서라도
하나님의 나라를 회복시키며
하나님의 크신 이름을 스스로 세우시는
하나님을 경배하고 경배합니다
영원히 경배합니다